AF336889

LE POËME

DE LA NUIT,

DE M. GESSNER,

MIS EN VERS FRANÇOIS.

PAR M. M *** Soldat au Régiment de Champagne, Compagnie du Lieutenant Colonel.

A METZ,

De l'Imprimerie de JOSEPH ANTOINE, Imprimeur ordinaire du Roi & de la Ville.

M. DCC. LXXII.

Avec Approbation & Permission.

A MONSIEUR

LE MARQUIS

DE

SEIGNELAY,

BRIGADIER

DES ARMÉES DU ROI,

COLONEL

DU RÉGIMENT

DE CHAMPAGNE.

Digne Héritier d'un nom que la France révère,
De tes braves Guerriers le modèle & le pere,
Daigne prêter l'oreille à mes timides chants,
Encourage ma Muſe & mes foibles talens.
Si je puis aujourd'hui mériter ton ſuffrage,
Secouru d'Apollon, j'oſerai davantage :

Quand les François un jour combattront sous tes loix,
Je te promets alors de chanter tes exploits.
Tu guideras leurs pas de victoire en victoire ;
Moi, je prendrai le soin de publier ta gloire :
Heureux, si mes accens couronnés du succès
Célebrent dignement l'éclat de tes hauts faits.

LE POËME

DE LA NUIT.

NUIT, paisible nuit, dont les voiles épais
Ont égaré mes pas sous ces ombrages frais,
Que tu me parois belle, & loin de mon
    Amante,
Que ton obscurité me ravit & m'enchante !
Pour mes regards surpris que d'objets séduisans !
Un plaisir inconnu s'empare de mes sens.
Aucun bruit en ces lieux ne frappe mon oreille,
Dans un calme profond la nature sommeille.

L'astre du jour cessoit de parcourir les Cieux ;
Ses coursiers fatigués, & son char radieux,
Descendoient par degrés au sein de l'onde pure :
J'appercevois déja sa blonde chevelure
Se cacher dans les flots ; & d'un œil assuré,
Je fixois de ses feux l'éclat plus tempéré.

Quel spectacle brillant ! mille legers nuages,
Bien différens de ceux qui couvent les orages,

A iij

Tels qu'un voile doré, de pourpre tout couverts,
S'étendoient sur les bois, les côteaux & les mers.
Dans leurs nids suspendus au milieu des feuillages,
Les oiseaux revoloient & cessoient leurs ramages.
Le Berger, en chantant, regagnoit son hameau ;
Son chien hâtoit les pas de son nombreux troupeau :
Alors ce calme heureux de toute la nature,
Vint assoupir mes sens sur un lit de verdure.

    Quel bruit s'est fait entendre au milieu de ces bois!
Amoureux Rossignol, est-ce ta douce voix ?
Ou plutôt n'est-ce point la démarche rapide
D'un Faune qui poursuit une Nymphe timide ?

    Seul, dans l'obscurité, séparé des humains,
Que j'aime à promener mes regards incertains
Dans ces sombres forêts, asyle du silence !
Que la lune me plaît, alors qu'elle commence
A percer de ses feux le sommet transparent
De ces arbres qu'agite un doux frémissement !

    O vous, charmantes sœurs d'une beauté parfaite,
Fraîche & brillante rose, aimable violette,
Qui le jour & la nuit partagez les honneurs
De l'Empire de Flore ; ainsi que mille fleurs,
Qui de leur Souveraine éclatantes compagnes,
Embellissent sa Cour, nos prés & nos campagnes,
Quel ambre, quels parfums vous versez en ces lieux !
Vos couleurs vainement se cachent à mes yeux.
Tout ici vous trahit, & l'air qui vous décéle
Est de votre présence un précurseur fidéle.

Votre sein odorant renferme les zéphirs
Qui se font dans le jour enyvrés de plaisirs;
Et qui plus amoureux & plus legers encore,
S'éveillent aux rayons de la naissante aurore,
Pour verser par degrés la brillante liqueur
Qui répand dans les airs une douce fraîcheur.
　　Mais quel bruit importun, quel discordant murmure
Interrompt le repos de toute la nature ?
Un vent frais & leger agite ces roseaux,
Et mille cris aigus sortent du fond des eaux.
N'est-ce point des marais la nation timide,
Qui des bords croupissans de sa retraite humide,
Fait retentir les airs de sa plaintive voix,
Avec autant d'ardeur que le chantre des bois
De ses accens flatteurs ranime l'harmonie,
Si-tôt qu'il apperçoit sa compagne chérie ?
Tel on voit un Auteur que dédaigne Apollon,
Ramper obscurément dans le sacré Vallon,
Par de tristes écrits conjurer son Mécene,
De soulager ses maux & de finir sa peine.
Sa muse vainement d'un stérile cerveau,
S'imagine enfanter quelqu'ouvrage nouveau,
Il parcourt, en tremblant, les cordes de sa lyre;
Inutiles efforts ! Chaque son qu'il en tire,
Frappe à peine l'oreille & révolte les sens,
Toutefois enchanté de ses foibles talens,
Il croit, dans son yvresse, égaler l'harmonie
De ces Chantres divins qu'inspiroit Uranie.

Je découvre plus loin des chênes toujours verds,
Qui bravent la fureur des vents & des hyvers :
J'apperçois leur sommet qui surpasse & domine
Au dessus de ces prés une vaste colline.
Les voiles de la nuit, & de Phœbé les feux
S'y confondent ensemble, & présentent aux yeux
D'ombres & de lumiere un mêlange admirable.
Je distingue d'ici le murmure agréable
Du ruisseau qui serpente à travers le vallon :
Il roule un sable pur sur un plus pur limon.
L'écume de ses eaux transparentes & vives,
Arrose mille fleurs qui naissent sur ses rives.
    Mais quel objet reluit sur ce riant gazon ?
Et que vois-je briller au pied de ce buisson ?
Ici l'on apperçoit une clarté brillante ;
Là c'est une lumiere agitée & tremblante.
Telle on voit, en jettant une foible lueur,
S'éteindre par degrés la lampe d'un Auteur,
Tandis que maudissant son savoir inutile,
Son épouse languit dans sa couche stérile.
Muse, raconte moi quelle cause a produit
Cet éclat dont un Ver brille pendant la nuit ?
    Jupiter, dont le cœur plus d'une fois sensible,
Ressentit de l'amour le pouvoir invincible,
Percé d'un de ses traits, fut un jour enchanté
Des appas séducteurs d'une rare beauté.
Teint de rose & de lys, graces, taille légere,
Tout étoit ravissant chez l'aimable Bergere,

Mais Junon, qu'outrageoit cette infidélité,
Appella la vengeance en son cœur irrité.
Tant de fiel n'entre point dans le cœur de nos Dames,
Et tant de jalousie excite peu leurs ames,
Lorsqu'un époux volage injustement épris
Des attraits passagers d'une jeune Cloris,
Quitte furtivement, pour voler auprès d'elle,
Le lit où se repose une épouse fidéle.
De l'ardente Junon l'œil vif, l'œil inquiet,
Reconnut Jupiter, qui dans un verd bosquet,
Ayant d'un papillon pris la forme légere,
Folâtroit sur le sein d'une simple Bergere.
Elle regardoit tout d'un nuage brillant :
Quelle métamorphose ! Un insecte volant,
Peut-il donc s'enflammer auprès d'une Bergere,
Dit-elle, d'une voix qu'animoit la colere ?
Elle parloit encor, quand l'insecte trompeur,
De ce déguisement faisant cesser l'erreur,
De ses aîles couvrit la mortelle effrayée.
Junon, à cette vue, interdite, indignée,
Au dépit, à la rage abandonnant son cœur,
» Bergere, tu seras, dit-elle avec fureur,
» Ce qu'étoit ton amant avant sa perfidie ;
» Et pour mettre le comble à ton ignominie,
» Sur la terre sans cesse on te verra ramper.
Aussi-tôt Jupiter sentit se dérober
A ses embrassemens la Nymphe infortunée,
Et la vit commencer sa triste destinée.

La Déeſſe voulant de ce trait odieux,
Conſerver à jamais le ſouvenir affreux,
A l'étoïle du ſoir déroba la lumiere
Dont ce Ver aujourd'hui brille ſur la pouſſiere.

Quel ſpectacle nouveau vient éblouir mes yeux ?
De nuages brillans l'aſſemblage pompeux ,
Étonne mes regards ; ils ſemblent à ma vue,
Nager entre la terre & la vaſte étendue
Des Cieux reſplendiſſans & parſemés de fleurs,
De l'or & de l'azur imitant les couleurs.
J'apperçois ſe jouer ſur leur frange éclatante
De folâtres amours une troupe riante.
De leurs aîles encor le plus leger duvet
Cotonne le contour , tapiſſe le ſommet ;
Ils verſent par degrés cette douce roſée,
Qui rafraîchit le ſein de la terre épuiſée,
Fertiliſe les bleds & mûrit les raiſins.
Ils ont tous éprouvé, ces petits Dieux malins,
Combien ſont ſéduiſans pour une jeune fille ,
Le parfum d'une roſe & le vin qui pétille.

Mais Diane déja ſous un nuage épais ,
Dérobe ſa lumiere , & confond les objets.
Aimable Déité, fors de la nuit obſcure,
Reparois à mes yeux plus brillante & plus pure.
Voudrois-tu toutefois féconder les projets
D'une Amante qui fuit tes rayons indiſcrets ;
Et couvrant ſon deſſein d'un voile impénétrable ,
A ſon Amant-heureux ſerois-tu favorable ?

Ou veux-tu me celer le timide embarras
Du tendre Endymion repofant dans tes bras ?
   Ah ! chaffe loin de toi ces enveloppes fombres,
Divinité charmante, & diffipe ces ombres.
Fais luire ton flambeau, qu'il conduife mes pas
A la fource où Philis rafraîchit fes appas,
Lorfque l'aftre du jour de fes ardeurs brûlantes,
Fait expirer les fleurs fur leurs tiges mourantes.
On voit de tous côtés plus d'un jeune arbriffeau,
Former à l'entour d'elle un mobile rideau
Impénétrable à l'œil d'un Amant téméraire ;
Mais cet enfant malin qu'on adore à Cythére,
Par le temps fecondé, m'a fait fubtilement
Creufer un faule antique, où je puis aifément
Contempler dans le bain mon aimable maîtreffe,
Sans bleffer fa pudeur, fans perdre fa tendreffe;
Saule myftérieux que je chéris bien plus
Que l'arbre favori de la belle Vénus.
Je ne me trompe pas, & mon ame enyvrée,
En voyant cette grotte à l'amour confacrée,
D'une joye innocente éprouve le plaifir,
Plaifir qui me rappelle un charmant fouvenir.
   Le foleil achevoit de parcourir le monde,
Et pour revoir Thétis rentroit au fein de l'onde.
Ses rayons dans ce jour plus ardens que jamais,
Invitoient fur le foir à jouir d'un air frais.
Ma Phylis s'échappant à travers la prairie,
Feignit de regagner fa cabane chérie.

Artifice frivole, en Amant inquiet,
Je vis son stratagéme & conçus son projet.
Je vins, par un détour, d'une course légere,
Dans le tronc de ce saule, à mon poste ordinaire.
Elle arriva bientôt, & telle qu'un oiseau
Qui faisant vaciller la branche d'un ormeau,
S'allarme au moindre souffle & de rien s'épouvante,
Sur un lit de gazon elle s'assit tremblante,
Jettant de tous côtés des regards inquiets.
Tous les feux qui doroient la cime des forêts,
Formoient, se confondant avec le crépuscule,
Un tendre demi jour, qui contre tout scrupule,
Auroit dû rassurer sa timide pudeur.
Elle quitta d'abord sa chaussure sans peur,
Et fit voir à mes yeux des jambes arrondies,
Blanches comme les lys, pour tout dire accomplies.
D'un pied elle effleura la surface de l'eau,
Mais saisie à l'instant d'un tremblement nouveau,
Bien-tôt elle parut regagner le rivage,
Puis blâmant sa lenteur & son peu de courage,
Elle y mit l'autre pied, & sans plus balancer,
Jusqu'aux genoux alors je la vis s'enfoncer.
Que de charmes offerts à ma paupiere errante,
Qui perçoit le cristal de l'onde transparente !
Quelques momens après elle sortit de l'eau,
Et de ses vêtemens déposa le fardeau.
Ses attraits dépouillés de leurs voiles perfides,
Se livroient sans réserve à mes regards avides;

Curieux, empreſſé d'admirer tant d'appas,
Je courois, hors de moi, me jetter dans ſes bras,
Lorſqu'un vent ennemi, contre toute eſpérance,
De mes ſens abuſés trompant la jouiſſance,
Contraignit ma Phylis à ſe couvrir ſoudain.
De ſa cabane alors elle prit le chemin.

Cabane fortunée où Phœbé toute entiere
Se plaît à réunir ſa plus vive lumiere,
Tandis que ſes rayons ſemblent abandonner
Celles que dans le jour on voit t'environner.
Aſyle des vertus, ſéjour de l'innocence,
Que j'aime à me flatter de la douce eſpérance
D'habiter ſous ton chaume au milieu des plaiſirs
Avec l'objet aimé qui fixe mes deſirs !
C'eſt donc là que s'endort ma Bergere fidéle
Dans les bras du ſommeil, qu'elle doit être belle !
Zéphirs, autour de moi, n'agitez plus les airs,
Partez pour rafraîchir la beauté que je ſers.
Volez dans ſa cabane où ſeule elle répoſe,
Et careſſés ſon teint où le lys & la roſe
Uniſſent à l'envi leurs brillantes couleurs,
Et toi, paiſible Dieu des ſonges ſéducteurs,
Auſſi-tôt que des mois l'inégale couriere
Aura du blond Phœbus remplacé la lumiere,
Que ta main bienfaiſante en verſant tes pavots,
A ſes ſens aſſoupis procure le repos.
N'occupe ſon eſprit que d'images riantes,
Comme ſon doux ſourire & ſes levres charmantes.

Offre-lui son Berger toujours tendre & constant,
Et dispose son cœur à sentir vivement
De l'enfant de Cypris le pouvoir redoutable.
Qu'elle pense me voir dans un songe agréable
Couvrant ses belles mains de baisers pleins de feux.
Profite habilement de ces momens heureux,
Enhardis sa pudeur, dompte sa résistance.
Si tu me la soumets, de ma reconnoissance
Vois quel sera le prix; je te consacrerai
Une grotte secrette, & j'y déposerai,
Sensible à tes bienfaits, chaque jour pour offrande,
Un mêlange de fleurs en forme de guirlande,
Dont les bouquets seront artistement choisis,
Et tressés avec soin par la main de Phylis.
Dès que je reverrai cette Amante chérie,
Si d'un succès heureux mon attente est suivie,
Ses yeux étincelans de la plus vive ardeur
M'instruiront de mon sort, j'y lirai mon bonheur.
Bientôt son front couvert d'une rougeur nouvelle,
Deviendra pour mon cœur un indice fidéle,
Des plaisirs qu'elle aura, par un juste retour,
Prodigués dans la nuit à mon sincere amour:
Alors je saisirai le moment favorable
De cueillir un baiser sur sa bouche adorable,
Son langage à ma voix sera plus animé,
Son regard plus touchant, son cœur plus enflammé.
O nuit, paisible nuit, ô toi qui me présentes,
Tant d'objets séduisans, tant d'images charmantes,

Qu'à regret je verrois tes ombres s'éclipfer ;
Ton flambeau difparoître & le jour te chaffer,
Si je n'avois l'efpoir que la naiffante aurore
Me rendra plus content, & plus heureux encore !

F I N.